This book belongs to:

_____

_____

Este libro pertenece a:

_____

_____

A TREASURY FOR FOUR YEAR OLDS

◆ ◆

UN TESORO PARA LOS CUATRO AÑOS

A TREASURY FOR FOUR YEAR OLDS

❖❖❖❖❖❖❖❖❖❖❖❖❖❖❖❖❖❖❖❖❖

UN TESORO PARA LOS CUATRO AÑOS

PaRragon

Bath · New York · Singapore · Hong Kong · Cologne · Delhi · Melbourne

Publicado por primera vez por Parragon en 2008

Parragon
Queen Street House
4 Queen Street,
Bath BA1 1HE, UK

Traducción del inglés: Marina Bendersky,
para Equipo de Edición, S.L., Barcelona
Redacción y maquetación: Equipo de Edición, S.L., Barcelona

ISBN 978-1-4075-0852-8
Impreso en China

✦ Contents ✦ Contenido ✦

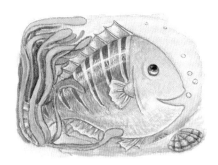

The Fast
and Flashy Fish

El rápido y
pretencioso pez

Swish! What was that? The warm, blue waters of the Indian Ocean are full of colorful creatures. Swish! A fast and flashy fish whizzes through the water all day long. He moves so quickly that you can hardly see him. But you can hear him!

"I'm the fastest fish! No one catches me in the deep, blue sea!"

✦ ✦

¡Suish! ¿Qué fue eso? Las cálidas y azules aguas del Océano Índico están llenas de criaturas coloridas. ¡Suish! Un rápido y pretencioso pez se desliza por el agua a toda hora. Se mueve tan rápido que apenas puedes verlo. ¡Pero puedes oírlo!

"¡Soy el pez más veloz! Nadie puede atraparme en el profundo océano azul."

Under the rocks, the fish sees a lobster scuttling along. "Aha!" says the fast and flashy fish. Let's have a race, crabby claws! Ready, set, swim!"

"Hey!" says the lobster, lumbering onto the rock. Swish! The fast and flashy fish has already reached the other side of an old wreck and is giggling to himself.

Bajo las rocas, el pez ve una langosta escabulléndose.

"¡Ajá!" dice el rápido y pretencioso pez. "¡Juguemos una carrera, pinzotas! Preparados, listos, ¡a nadar!"

"¡Ey!" dice la langosta, trepando sobre una roca. ¡Suish! El rápido y pretencioso pez ya ha alcanzado el otro lado de un viejo barco naufragado y sonríe para sus adentros.

The fast and flashy fish looks around for someone else to have fun with.

From out of the wreck come eight waving, wiggling legs! It's an octopus!

"Ho! Ho!" says the fast and flashy fish. "Let's have a race, loopy legs! Ready, set, swim!" Swish!

El rápido y pretencioso pez mira alrededor a ver si encuentra a alguien con quien divertirse.

Desde el barco hundido aparecen ocho ondulantes brazos. ¡Es un pulpo!

"¡Jo, jo!" dice el rápido y pretencioso pez. "¡Juguemos una carrera, piernas locas! Preparados, listos, ¡a nadar!"

The fast and flashy fish is already out in the middle of the coral reef.

"It's a pity I can't find someone better to race," grumbles the fast and flashy fish.

"How about me?" booms a deep, bubbling voice. Overhead, a huge, fat fish is floating.

✦ ✦

El rápido y pretencioso pez ya está en medio del arrecife de coral.

"Es una pena que no pueda encontrar a alguien mejor para competir", gruñe el rápido y pretencioso pez.

"¿Y qué hay conmigo?" dice una profunda y burbujeante voz. Pertenece a un enorme y gordo pez que flota por allí.

16

So the fast and flashy fish swims up to the big fish. "OK, flabby fins," he says. "Are you ... ready, set ..."

"Wait!" glugs the big fish. "I can't see what you're doing there. Line your tail up in front of my nose, and then I can see where you are."

The fast and flashy fish laughs and swishes. "No problem, froggy face!" he cries. "Ready, set..."

✦ ✦

Entonces el rápido y pretencioso pez nada hasta el gran pez. "Muy bien, aletas fofas… Preparados, listos…"

"¡Espera!" dice el pez gordo. "No puedo ver lo que haces allí. Alinea tu cola frente a mi nariz, y así podré ver dónde estás."

El rápido y pretencioso pez ríe. "¡No hay problema cara de sapo!" exclama. "Preparados, listos…"

Gulp!

The fast and flashy fish has not been seen for a long time in the warm, blue waters of the Indian Ocean. But sometimes, when a huge, fat fish comes floating by, a tiny voice can be heard.

"I'm the fastest fish!
How dark can it be,
In the deep, blue sea?"

¡Glup!

Pasa el tiempo y el rápido y pretencioso pez no aparece en las cálidas y azules aguas del Océano Índico. Pero a veces, cuando un enorme y gordo pez viene flotando, se puede oír una vocecita.

"¡Soy el pez más rápido! ¿Cuán oscuro puede ser el azul y profundo mar?"

Henny-Penny

Gallina Lina

It was a quiet day in the country. In the barnyard, Henny-Penny was busy pecking around for grain. "It's very boring here," clucked H e n n y - P e n n y . "Nothing exciting ever happens."

Plonk! An acorn fell on her head. "Goodness gracious!" clucked Henny-Penny. "The sky is falling! I must go and tell the king at once."

✦ ✦ ✦ ✦ ✦ ✦ ✦ ✦ ✦ ✦ ✦ ✦

Era un día calmo en el campo. En el granero, Gallina Lina estaba ocupada picoteando en busca de granos. "Esto es muy aburrido", cacareó Gallina Lina. "Nunca sucede nada emocionante."

¡Plonk! Una bellota cayó sobre su cabeza. "¡Por la gracia de Dios! ¡El cielo se está cayendo!" cacareó Gallina Lina. "Debo ir a contarle al rey."

Before she had gone very far, she bumped into her friends Cocky-Locky and Ducky-Lucky.

"Where are you going in such a hurry?" they clucked.

"The sky is falling," explained Henny-Penny, "and I'm off to tell the king."

"Well, we're coming with you," said Cocky-Locky and Ducky-Lucky.

Antes de que fuera muy lejos, se topó con sus amigos Gallo Cayo y Pato Ñato.

"¿A dónde vas con tanta prisa?" le preguntaron. "El cielo se está cayendo y voy a contárselo al rey", respondió Gallina Lina.

"Bueno, iremos contigo", dijeron Gallo Cayo y Pato Ñato.

They hadn't gone far when they met their friend Goosey-Loosey.

"Where are you going in such a hurry?" gobbled Goosey-Loosey.

"The sky is falling," explained Henny-Penny, "and we're off to tell the king."

"Well, I'm coming with you," said Goosey-Loosey, swaying along behind Henny-Penny, Cocky-Locky, and Ducky-Lucky. What a strange sight they made!

✦ ✦

No habían andado mucho cuando se encontraron con su amigo Ganso Manso.

"¿A dónde van con tanta prisa?" graznó Ganso Manso.

"El cielo se está cayendo y vamos a contárselo al rey", explicó Gallina Lina.

"Bueno, iré con ustedes", dijo Ganso Manso, ubicándose detrás de Gallina Lina, Gallo Cayo y Pato Ñato. ¡Qué extraño grupo formaban!

Next, they met Foxy-Loxy. None of them knew her very well.

"Where are you going in such a hurry?" asked Foxy-Loxy.

"The sky is falling," said Henny-Penny, "and we're off to tell the king."

"Ah," smiled Foxy-Loxy. "You're going the wrong way. Follow me, I'll show you the way."

✦ ✦ ✦ ✦ ✦ ✦ ✦ ✦ ✦ ✦ ✦

Luego se encontraron con Zorra Porra. Ninguno de ellos la conocía muy bien.

"¿A dónde van con tanta prisa?" preguntó Zorra Porra.

"El cielo se está cayendo y vamos a contárselo al rey", dijo Gallina Lina.

"Ah", sonrió Zorra Porra. "Van por el camino equivocado. Síganme, yo les mostraré el camino."

On and on they followed Foxy-Loxy until they reached a cave.

"This is a shortcut," said Foxy-Loxy. "Don't be afraid and stay close to me."

The unlucky birds didn't know it, but this wasn't really a shortcut—it was Foxy-Loxy's den!

Goosey-Loosey, Ducky-Lucky, and Cocky-Locky quickly followed Foxy-Loxy into the cave.

✦ ✦

Entonces todos siguieron a Zorra Porra hasta que llegaron a una cueva.

"Este es un atajo", dijo Zorra Porra. "No tengan miedo y manténgase cerca de mí."

Las desafortunadas aves no lo sabían, pero en realidad no se trataba de un atajo ¡sino de la guarida de Zorra Porra!

Gallo Cayo, Ganso Manso y Pato Ñato rápidamente siguieron a Zorra Porra dentro de la cueva.

Henny-Penny was about to join them when ... "COCK-A-DOODLE-DOO!" Cocky-Locky let out a terrible scream.

Henny-Penny ran as fast as she could until she reached the safety of the barnyard. Meanwhile, Foxy-Loxy made a fine feast out of Cocky-Locky, Ducky-Lucky, and Goosey-Loosey. And Henny-Penny never did get to tell the king that the sky was falling.

Gallina Lina estaba a punto de unírseles cuando...

"¡KI KI REEE KIII!" Gallo Cayo dejó escapar un terrible alarido.

Gallina Lina corrió tan rápido como pudo hasta que llegó sana y salva al granero. Mientras tanto, Zorra Porra se hacía un banquete con Gallo Cayo, Ganso Manso y Pato Ñato.

Y Gallina Lina nunca llegó a contarle al rey que el cielo se estaba cayendo.

The Wolf and
the Raccoon

La loba y
el mapache

The wind howled and the snow fell. Wolf slept, her big brush tail tucked tightly around her face.

A small furry ball of a creature came scampering across the hard woody branches, skimming the prickly needles. She was a raccoon, ears pert, looking for entertainment. Raccoon spotted Wolf and stopped. She tipped her head this way and that, wondering about a trick.

El viento aullaba y la nieve caía. La loba dormía. Su gran cola peluda estaba enroscada alrededor de su cara.

Una pequeña criatura semejante a una bola peluda emergió de entre las ramas del bosque, rozando las plantas espinosas. Se trataba de un mapache con sus orejas en alto, buscando algo de diversión. Cuando divisó a la loba, se detuvo. Giró su cabeza hacia un lado y hacia el otro, pensando en gastarle una broma.

27

Before she knew it she had turned a quick somersault, landed back on the snow-laden branch and catapulted a big clump of snow onto the wolf's head.

Wolf jumped up with a start. She looked up. There was the cheeky-faced raccoon with her ringed tail, dark-furred eyes and soft black nose.

"Grrrah!" roared the wolf.

✦ ✦ ✦ ✦ ✦ ✦ ✦ ✦

De pronto dio un salto mortal y aterrizó sobre una rama cubierta de nieve, catapultando un montón de nieve sobre la cabeza de la loba.

La loba se levantó de un salto. Miró hacia arriba y vio al regordete mapache con su cola anillada, su oscuro antifaz y su suave y negra nariz.

"¡Grrr!" rugió la loba.

She aimed for the lowest branch with her thick-clawed paws, and dragged herself up to a place just underneath Raccoon.

But the raccoon was still smiling. And before jumping higher onto the next branch, she brushed her ringed tail delicately over a snow clump, sending a shower of speckles down onto the wolf's face.

✦ ✦

Ella buscó la rama más baja con sus patas, y se arrastró hacia arriba hasta un lugar justo debajo del mapache.

Pero el mapache seguía sonriendo. Y antes de saltar más alto a la siguiente rama, peinó delicadamente con su cola anillada un montículo de nieve, enviando una lluvia de copos justo sobre la cara de la loba.

29

And so the two creatures jumped up and across through the great fir trees, annoying all the other creatures of the forest.

Soon Wolf was perched on a branch too thin for her weight. Sproing! It sprang back and catapulted Wolf in a high arc through the air, up to the place where Raccoon was gathering her breath.

✦ ✦

Durante un buen rato, los dos animales se estuvieron persiguiendo entre los abetos, provocando un gran revuelo y molestando a las demás criaturas del bosque.

En un momento, la loba quedó colgada de una rama que era demasiado delgada como para soportar su peso. ¡Sproing!

La rama se inclinó y la loba salió catapultada por el aire hacia donde se encontraba el mapache conteniendo el aliento...

"Eeeeeeek!" both creatures cried together as they collided and fell headlong to the ground. Wolf and Raccoon started to giggle.

"Shall we save our energy?" suggested the wolf.

"Oh, yes indeed," said the raccoon.

The two furry creatures intertwined tails in an instant, tucked their delicate eyes and pointed noses deep down into their shared fur, and slept through another night of winter, until morning, when at last spring began.

✦ ✦ ✦ ✦ ✦ ✦ ✦ ✦

"¡Aaaaaa aayyyyyyy!" gritaron ambos animales al chocar sus cabezas y caer al suelo nevado.

La loba y el mapache comenzaron a reír.

"¿Y si guardamos nuestras energías para combatir el frío?" sugirió la loba.

"Buena idea", dijo el mapache. Enseguida, los dos peludos amigos estaban acurrucados con sus narices protegidas por el calor de sus peludas colas, compartiendo el abrigo y durmiendo apaciblemente en la noche invernal. A la mañana siguiente, llegaría la primavera.

The Naughty Little Rabbits

Los conejitos traviesos

Three little rabbits lived with their mama in a cozy burrow on a hillside.

But one day, Mama said, "Oh, my! You're getting bigger and taller every day! Soon you won't fit into your cozy sleeping corners. We need to scrape and scrabble, and make them bigger. Come and help me!"

"No, no, no!" cried the little rabbits. "Come upstairs in the sunshine and play with us!"

✦ ✦

Había una vez tres conejitos que vivían con su mamá en una acogedora madriguera en las colinas. Un día, la mamá dijo:

"¡Miren nada más! ¡Están creciendo más y más cada día! Pronto ya no cabrán en sus huequitos para dormir. Tenemos que excavar en la tierra para agrandarlos. ¡Vengan a ayudarme!"

"¡No, no, no!" gritaron los conejitos. "¡Ven arriba a jugar con nosotros al sol!"

33

"First, there is work to do," their mama said. "If you help me, I can come with you. But first I need you to help me do this work!"

But the naughty little rabbits wouldn't listen.

"No! No! No!" they cried. And off they ran, upstairs and out of the burrow.

They had never been outside before without their mama.

"I don't know what to do," said the first little rabbit. "I wish we had someone to play with."

✦ ✦

"Primero, tenemos trabajo que hacer", dijo su mamá. "Si colaboran, podré ir con ustedes. ¡Pero antes deben ayudarme con esta tarea!" Pero los traviesos conejitos no quisieron escuchar.

"¡No, no, no!" gritaron, y corrieron hacia el prado de arriba.

Hasta ese momento, nunca habían salido de su casa sin su mamá. "No sé qué hacer", dijo el primer conejito. "Me gustaría tener a alguien con quién jugar."

Just then, a squirrel ran out of the woods at the edge of the meadow.

"Come and play with me," cried the squirrel. "I know lots of games!"

The squirrel ran, and jumped right over a stone. So did the little rabbit children.

The squirrel ran, and jumped off the end of a log. So did the little rabbit children.

Justo en ese momento, una ardilla salió corriendo del bosque y llegó a la pradera. "Vengan a jugar conmigo", exclamó la ardilla. "¡Conozco un montón de juegos!"

La ardilla corrió y saltó encima de una piedra, y los conejitos la imitaron.

La ardilla corrió y saltó sobre el tronco de un árbol caído, y los conejitos la siguieron.

The squirrel ran, and zipped right up a tree.

"Oh, no!" cried the little rabbits.

"Got you!" cried the squirrel. It laughed and jeered at the little rabbits down below. Then it began to throw hard little acorns on top of their heads.

"Ow, ow, ow!" cried the little rabbits. They all ran away, as fast they could go.

✦ ✦

La ardilla corrió y se trepó velozmente a lo alto de un árbol.

"¡Oh, no!" gritaron los conejitos.

"¡Los burlé!" exclamó la ardilla. Y rió y empezó a tirarles bellotas sobre las cabezas.

"¡Ay, ay, ay!" chillaron los conejitos que se alejaron corriendo lo más rápido que pudieron.

When the little rabbits stopped, they were next to a river. "I'm hungry!" said the second little rabbit.

Just then, a frog popped out of the river. "Have lunch with me," said the frog. "Just do what I do."

The little rabbits gathered round. "Sit very still, close your eyes and stick out your tongue," said the frog. "YUM!" said the frog, as he swallowed a big, fat fly.

"Yuck! Yuck! Yuck!" cried the rabbits.

✦ ✦

Cuando se detuvieron, los conejitos vieron que estaban cerca de un río.

"¡Tengo hambre!" dijo el segundo conejito.

En aquel momento, una rana salió del río.

"Vengan a almorzar conmigo", les dijo. "Sólo hagan lo mismo que yo."

Los conejitos se reunieron a su alrededor.

"Siéntense quietecitos, cierren los ojos y saquen la lengua", dijo la rana.

"¡YUM!" dijo la rana, y se tragó una gorda y enorme mosca.

"¡Puaj, puaj, puaj!" exclamaron asqueados los conejitos.

A cloud came over the sun and rain started to fall.

"Help! Oh help!" cried the third little rabbit.

Just then they heard a tiny voice from near their toes. It was a snail.

"You should do what I do," said the snail. "I'm going straight inside."

"Can we come with you?" asked the little rabbits.

"No," said the snail. "There is only room for me." He popped inside his shell, and was gone.

✦ ✦

Una nube tapó el sol y empezó a llover.

"¡Ayuda, ayuda!" gritaron los tres conejitos.

En ese momento oyeron una vocecita que venía del suelo. Era un caracol.

"Hagan lo mismo que yo", les dijo. "Voy a refugiarme aquí dentro."

"¿Podemos ir contigo?" preguntaron los conejitos.

"No", dijo el caracol. "Sólo hay lugar para mí." Y se metió dentro de su caparazón.

Then the little rabbits ran home.

"Sorry, sorry, sorry!" they cried to their mama. "Please, can we help you with the work?"

But their mama said, "My dears, there will be plenty of work for you to do in the future. But now you must wash your ears and nibble up your supper."

The little rabbits washed their ears. They nibbled up their supper. Then they crawled into their sleeping corners.

And guess what? Someone had made each one just a little bit bigger. Now who do you think had done that?

✦ ✦

Los conejitos corrieron a su casa.

"¡Perdona, perdona, perdona!" exclamaron los tres conejitos al ver a su mamá.

"¿Podemos ayudarte a hacer el trabajo, por favor?"

Pero su mamá dijo: "Queridos míos, ya tendrán mucho trabajo que hacer en el futuro. Ahora, vayan a limpiarse las orejas y a cenar".

Los conejitos se limpiaron las orejas, y comieron su cena.

Y después se arrastraron hasta sus huecos para dormir.

¿Y sabes qué? Alguien había agrandado todos los agujeros.

¿Puedes adivinar quién lo hizo?

Tom Thumb

Pulgarcito

Once upon a time, there was a poor farmer and his wife. One day, the farmer's wife gave birth to a tiny son no bigger than her thumb! They called him Tom Thumb. One day, the farmer was getting ready to go into the forest to cut wood.

"If only I had someone to bring the cart along later," he sighed.

"I'll bring it," said Tom Thumb. "Just get Mother to harness the horse and I'll do the rest."

✦ ✦

Había una vez, un pobre granjero que vivía con su mujer. Un día la señora dio a luz un niñito ¡tan pequeño como su dedo pulgar!

Lo llamaron Pulgarcito. Un día, el granjero se disponía a ir al bosque a cortar leña.

"Si sólo hubiese alguien que me ayudara a traer el carro más tarde", suspiró.

"Yo lo haré", dijo Pulgarcito. "Dile a Mamá que enganche el caballo al carro y yo me ocuparé del resto."

After his mother had harnessed the horse, Tom climbed inside the horse's ear. From there, Tom told the horse where to go.

Tom and the cart had just reached the farmer when two strangers walked past. Tom's father pulled Tom out of the horse's ear. The two strangers asked the farmer, "How much do you want for the little man?"

"I wouldn't sell him for all the gold in the world," replied the farmer. But, on hearing the strangers' words, Tom had an idea. He whispered to his father, "Take their money. I'll soon come back."

✦ ✦

Luego de que su madre hubiera enganchado el caballo, Pulgarcito se sentó dentro de la oreja del animal. Desde allí, Pulgarcito le decía al caballo por dónde ir. Pulgarcito y el carro alcanzaron al granjero justo cuando dos forasteros pasaban por allí caminando.

El padre de Pulgarcito lo sacó de la oreja del caballo.

Al verlo, los forasteros le preguntaron al granjero: "¿Cuánto quieres por el hombrecito?"

"No lo vendería ni por todo el oro del mundo", replicó el campesino. Pero, al oír las palabras de los forasteros, Pulgarcito tuvo una idea. Entonces murmuró al oído de su padre: "Toma su dinero, yo regresaré pronto".

So the farmer gave Tom to the two strangers, and received a large bag of gold coins in return.

After saying goodbye to his father, Tom was carried off by the strangers.

They walked for a while until Tom said, "Put me down!" He ran off and hid in a mouse-hole.

The two men searched for Tom, but it was no use. That night, Tom crept out of the mouse-hole and walked until he found a barn, where he went to sleep in the hay.

✦ ✦

Entonces el campesino entregó a Pulgarcito a los dos forasteros y recibió a cambio una bolsa llena de monedas de oro.

Después de despedirse de su padre, Pulgarcito se marchó con los extraños.

Caminaron por un buen rato hasta que Pulgarcito dijo: "¡Déjenme en el suelo!".

En cuanto pisó el suelo Pulgarcito corrió hacia la cueva de un ratón y caminó hasta que encontró un establo. Allí se acostó a descansar sobre el heno.

The next morning, the milkmaid began to feed the cows. She went to the barn and grabbed an armful of the hay in which Tom was sleeping! Poor Tom found himself inside the stomach of one of the cows.

More and more hay kept coming into the cow's stomach. At last, Tom cried, "No more hay!"

The milkmaid ran to the dairy farmer in fright. "Sir, the cow is talking," she cried.

"Are you mad?" asked the farmer, but he went to the barn to see for himself.

✦ ✦

A la mañana siguiente, la lechera comenzó a alimentar a las vacas. Se dirigió al establo ¡y recogió un montón del heno en el que dormía Pulgarcito! El pobre Pulgarcito se encontró de pronto dentro de la panza de una de las vacas. Cada vez entraba más y más heno.

Al final, Pulgarcito gritó: "¡Basta de heno!" La lechera corrió aterrada hasta donde estaba el granjero. "¡Señor, la vaca está hablando!" gritó la mujer.

"¿Te has vuelto loca?" preguntó el granjero. Pero fue hacia el establo a ver qué sucedía.

"No more hay!" shouted Tom. This bewildered the farmer, who sent for the vet.

The vet operated on the cow, and out popped a bunch of hay. Tom was hidden inside it. The hay was thrown onto the manure heap. Just as Tom was preparing to escape, a hungry wolf ran by and gulped down Tom and the hay.

"¡Basta de heno!" gritaba Pulgarcito. Eso asombró al granjero, que mandó llamar al veterinario.

El veterinario operó a la vaca y le extrajo un puñado de heno. Pulgarcito estaba escondido allí. El heno fue arrojado sobre el abono. Justo cuando Pulgarcito se disponía a escapar, un lobo hambriento que pasaba por allí se zampó a Pulgarcito junto con el heno.

Refusing to give up hope, Tom said to the wolf, "I know where you can get a mighty feast."

"Where?" asked the wolf.

Tom described the way to his father's house.

That night, the wolf climbed in through the farmer's kitchen window. He ate so much food that he couldn't squeeze back out of the window. This was just what Tom had planned. He began to jump around in the wolf's stomach and shout as loud as he could.

✦ ✦ ✦ ✦ ✦ ✦ ✦ ✦ ✦

Decidido a no darse por vencido, Pulgarcito le dijo al lobo: "Sé de un lugar donde puedes darte un festín".

"¿Dónde?" preguntó el lobo. Entonces, Pulgarcito le describió el camino que llevaba hasta la casa de sus padres.

Esa noche, el lobo se trepó a la ventana de la cocina del campesino. Una vez dentro, comió y engordó tanto que al intentar salir no entraba por la ventana. Era justamente lo que Pulgarcito había planeado. El pequeño comenzó a saltar dentro de la panza del lobo y a gritar a viva voz.

The farmer and his wife were awoken by the noise. They rushed into the kitchen. Seeing the wolf, the farmer grabbed his ax and aimed at the wolf. Suddenly, he heard Tom's voice: "Father, I am inside the wolf's stomach."

Overjoyed, the farmer killed the wolf with a single blow to his head. Then he cut Tom out of its stomach. From that day on, Tom stayed home with his parents. Now he knew for sure that there is no place like home!

✦ ✦

El campesino y su esposa se despertaron al oír el ruido. Corrieron a la cocina y al ver al lobo, el hombre empuñó su hacha. Justo cuando iba a matarlo, oyó la voz de Pulgarcito: "¡Padre, estoy en la panza del lobo!".

Feliz de oírlo, el granjero mató al lobo con un solo golpe en la cabeza. Después, le abrió la barriga y sacó a Pulgarcito. Desde ese día, Pulgarcito vive feliz en su casa junto a sus padres. ¡Ahora sabe que no hay un lugar mejor en todo el mundo!

Ug-Ug-Ugly

Es-es-espantoso

Long, long, long ago, a huge egg lay in a nest. The egg wobbled, then wobbled a bit more. It rolled a bit, then rolled a bit more. It rolled right over the edge of the nest. Bump! Crack! Out popped a wrinkly, bobble-eyed, ugly-faced baby dinosaur.

Hace mucho, mucho tiempo, un inmenso huevo reposaba en un nido. El huevo comenzó a balancearse cada vez más. Luego rodó y rodó hasta el borde del nido. ¡Bump! ¡Crack! De él salió un bebé dinosaurio muy arrugado, con los ojos saltones y una cara espantosamente fea.

Through the leaves peeped one, two, three, four wrinkly, bobble-eyed, ugly-faced toddler dinosaurs. They stared at the new baby as he began to wriggle out of his eggshell.

"Ug!" said the first toddler.

"Ug!" said the second.

"Ug!" said the third.

"Ug!" said the fourth, nodding her head. "You're UGLY!"

De las hojas asomaron uno, dos, tres, cuatro pequeños dinosaurios arrugados, con los ojos saltones y caras muy feas. Ellos estaban observando al nuevo bebé que salía del cascarón.

"¡Es…!" comenzó a decir el primero de ellos.

"¡Es…!" dijo el segundo.

"¡Es…!" dijo el tercero.

"¡Es…!" dijo el cuarto, meneando la cabeza.

"¡ES-ES-ESPANTOSO!"

The baby dinosaur stood up on his thin new legs, and crept away into the shadow of a dark, drooping flower.

The toddler dinosaurs skipped off happily.

Then, through the trees burst a wrinkly, goggle-eyed, ugly-faced mommy dinosaur.

"La-di-da!" sang Mommy. "My egg should be hatched by now. La-di-da!"

But when she peered into her nest . . .

✦ ✦ ✦ ✦ ✦ ✦ ✦ ✦ ✦ ✦

El bebé dinosaurio se paró sobre sus delgadas y flamantes patitas y se escondió bajo la sombra de una flor oscura.

Los pequeños dinosaurios se marcharon alegremente. Entonces, por entre los árboles, asomó una mamá dinosaurio arrugada, con los ojos saltones y una cara espantosamente fea.

"¡Lalalá!" cantaba la mamá. "Mi huevo debe estar por quebrarse... ¡Lalalalá!"

Pero, cuando llegó al nido y miró en su interior...

"Huh?" said Mommy. "Where's my baby?"

And thump! thump! thump! she trudged off through the steamy forest and the gurgling swamp to look for him. But she couldn't find her baby anywhere.

So Mommy sat down and frowned, and forced her pea-sized brain to think. And think it did. It thought about an egg. It thought about an eggshell.

"¡Eh! ¿Dónde está mi bebé?" exclamó.

Entonces ¡plof! ¡plof! ¡plof! caminó pesadamente por el bosque humeante y el pantano burbujeante buscándolo. Pero no pudo hallarlo.

Así que la mamá se sentó, e hizo un esfuerzo para que su pequeñísimo cerebro pensara. Y pensó y pensó, hasta que pensó en un huevo y también en un cascarón.

"EGGSHELL!" she exclaimed, as she thump, thump, thumped back through the gurgling swamp and through the steamy forest to the place where she had built her nest.

This time, she didn't look inside the nest, but on the ground below it.

"¡Cascarón!" exclamó, mientras ¡plof! ¡plof! ¡plof! regresaba pesadamente a través del humeante bosque y el pantano burbujeante hasta el sitio donde había construido su nido.

Esta vez no miró dentro del nido, sino debajo de él.

"Eggshell!" she whispered, when she spotted a fleck of shiny green shell.

"Eggshell!" she announced, when she spotted more flecks of shell farther along.

"Huh?" said Mommy when the trail of eggshell stopped.

She sat down and frowned, and forced her pea-sized brain to think. And think it did. It thought about a baby.

"WHERE'S MY BABY?" called Mommy at the top of her voice.

✦ ✦ ✦ ✦ ✦ ✦ ✦ ✦ ✦ ✦ ✦ ✦

"¡El cascarón!" susurró al ver un pedacito de cáscara verde brillante.

"¡El cascarón!" repitió cuando vio más pedazos de cáscara un poco más lejos.

"¿Qué pasó?" se preguntó la mamá al ver que ya no había más trocitos de cascarón.

Se sentó, e hizo el esfuerzo de pensar. Y pensó, pensó, hasta que pensó en un bebé.

"¿DÓNDE ESTÁ MI BEBÉ?" gritó la mamá a viva voz.

"Here we are!" replied her four wrinkly, goggle-eyed, ugly-faced toddler dinosaurs. "You're not babies!" she said. "I'm talking about the baby who came out of that eggshell. He must be here somewhere."

The toddlers all silently pointed toward the same place.

"¡Aquí estamos!" contestaron sus cuatro pequeños dinosaurios arrugados, con los ojos saltones y una cara espantosamente fea.

"¡Ustedes no son bebés!" dijo ella. "Estoy buscando al bebé que ha salido de este cascarón. Tiene que estar en alguna parte."

Mommy dinosaur gently lifted the head of a drooping flower and, there, curled up in a ball, was her baby.

"My baby!" Mommy cried, as she gathered the dinosaur in her huge claws. She looked around proudly at her ugly children. "Isn't he lovely? What should we call him?"

"Ugly?" suggested one of the toddlers.

"Don't be so unkind!" scolded Mommy, stroking her newly hatched baby. Mommy sat down and thought about a perfect name for her baby dinosaur. She thought of the long journey she had made to find him.

✦ ✦ ✦ ✦ ✦ ✦ ✦ ✦ ✦ ✦ ✦ ✦ ✦ ✦ ✦

Todos los pequeños señalaron en silencio hacia el mismo lugar. La mamá dinosaurio levantó cuidadosamente la flor oscura y allí, hecho un ovillo, estaba su bebé.

"¡Mi bebé!" exclamó la mamá mientras tomaba al pequeño dinosaurio entre sus grandes patas.

Entonces miró orgullosa al resto de sus hijos y les dijo: "¿No es adorable? ¿Cómo lo llamaremos?".

"¿Espantoso?" sugirió uno de los pequeños.

"¡No seas tan grosero!" lo regañó la mamá. Luego se sentó y se puso a pensar el nombre perfecto para su bebé. Y pensó en el largo camino que había tenido que recorrer para encontrarle.

And the name she came up with was . . .

"Gurgling Swamp!"

She called out the name at the top of her voice, as the baby gave a huge burp.

"Yay!" cheered the toddlers.

Y el nombre que se le ocurrió fue…

"¡Pantano burbujeante!"

Ella lo llamó con todas sus fuerzas, y el bebé dinosaurio lanzó un eructo sonoro.

"¡Viva!" aclamaron los otros dinosaurios.

The Three Billy Goats Gruff

Las tres cabras salvajes

Once upon a time, there were three goats. There was a little billy goat with little horns. There was a middle-sized billy goat with middle-sized horns. And there was a big billy goat with big horns.

The three billy goats lived in a field. They ate grass all day long. There was a river in the field, and there was a bridge over the river. But there was a bad troll under the bridge.

Había una vez tres cabras salvajes. Una de ellas era muy pequeña y tenía cuernos chiquitos, la otra era mediana, con cuernos de tamaño medio, y la tercera era grande y muy fuerte, con grandes cuernos.

Las tres cabras vivían en un campo y comían pasto todo el día. Había un río que cruzaba el campo y había un puente sobre el río. Pero bajo ese puente vivía un enano malvado.

One day, the little billy goat looked at the field over the bridge. The grass looked long and juicy. He wanted to eat that grass!

So the little billy goat went onto the bridge with a trip trap, trip trap.

But the bad troll jumped out. "I'm going to eat you!" he said.

"No, you can't eat me!" said the little billy goat. "I'm just a little goat. Wait for the middle-sized goat and eat him."

So the bad troll did just that. Then the middle-sized billy goat looked at the field over the bridge. The grass looked long and juicy. He wanted to eat that grass!

So the middle-sized billy goat went onto the bridge with a clip clop, clip clop.

But the bad troll jumped out. "I'm going to eat you!" he said.

"No, you can't eat me!" said the middle-sized goat. "Wait for the big goat and eat him."

So the bad troll did just that.

Un día, la más pequeña de las cabras salvajes miró el campo del otro lado del puente. Y lo que vio fue mucha hierba verde, fresca y jugosa. ¡Ella sintió deseos de comerla!

Entonces la pequeña cabra subió al puente con un trip trap, trip trap.

Pero el enano malo salió a su encuentro.

"¡Te comeré!" le dijo.

"No, no puedes comerme. Soy sólo una pequeña cabrita. Espera a mi hermana mediana y cómetela", le dijo la cabra.

Y el malvado enano le hizo caso.

Más tarde, la cabra mediana miró el campo del otro lado del puente. Y lo que vio fue mucha hierba verde, fresca y jugosa. ¡Ella sintió deseos de comerla!

Entonces la cabra mediana subió al puente con un clip clop, clip clop.

Pero el enano malo salió a su encuentro.

"¡Te comeré!" le dijo.

"No, no puedes comerme. Espera a mi hermana grande y cómetela", le dijo la cabra mediana.

Y el malvado enano le hizo caso.

Then, the big billy goat looked at the field over the bridge. The grass looked long and juicy. He wanted to eat that grass!

So the big billy goat went onto the bridge with a thump, thump, thump, thump. But the bad troll jumped out.

"I'm going to eat you!" he said.

"No, you can't eat me," said the big billy goat. "I'm a big billy goat and I have very big horns. I will toss you into the air with my big horns."

Entonces, la cabra grande miró el campo del otro lado del puente. Y lo que vio fue mucha hierba verde, fresca y jugosa. ¡Ella sintió deseos de comerla!

Entonces la cabra grande subió al puente con un tump tump, tump tump. Pero el enano malo salió a su encuentro.

"¡Te comeré!" le dijo.

"No, no puedes comerme. Soy una cabra grande y tengo cuernos enormes. Te arrojaré por el aire con mis grandes cuernos", dijo la cabra más robusta.

He put his head down and ran at the bad troll. He tossed the bad troll high up into the air. Then the bad troll fell into the river. And that was the end of him!

La gran cabra agachó la cabeza y embistió con sus cuernos al enano malvado. Con fuerza, lo lanzó por los aires bien alto hasta que el enano cayó ¡al medio del río!

Después de ese día, nadie ha vuelto a saber de él.

The Frog Prince

El príncipe rana

Once upon a time, there lived a young princess. She had lots of toys, but her favorite one was a golden ball. One day, the princess set off for a walk in the woods. When she grew tired, she sat down beside a pool to rest. As she sat there, she threw her golden ball into the air and missed it! The ball fell into the pool.

"Oh, no!" wailed the princess. "My ball is lost. I would give anything to have my ball back."

Just then she heard a noise. "Ribbet! Ribbet!"

✦ ✦

Había una vez, una joven princesa que tenía muchísimos juguetes para divertirse. Pero su favorito era una pelota de oro.

Un día la princesa fue a dar un paseo por el bosque. Cuando se sintió cansada, se sentó junto a un estanque a descansar. Entonces jugó a arrojar la pelota de oro al aire ¡y se le escapó! La pelota fue derecho al agua.

"¡Oh, no!" se lamentó la princesa. "He perdido mi pelota. Daría cualquier cosa por recuperarla."

En ese momento escuchó un ruido: "¡Cro! ¡cro!".

65

A frog popped its ugly head out of the water and said, "Dear Princess, do not cry. If you will just let me eat from your plate and sleep on your pillow, I will find your ball."

"Hmm!" thought the princess. "This slimy frog will never be able to get out of the water." So she lied, "If you bring back my ball, I promise to do everything you ask."

The frog ducked beneath the water. In no time at all, he was back with the ball. He threw it at the princess's feet. The princess snatched the ball and ran home.

✦ ✦ ✦ ✦ ✦ ✦ ✦ ✦ ✦ ✦ ✦ ✦ ✦ ✦ ✦

Una rana asomó su fea cabeza fuera del agua y le dijo:

"Querida princesa, no llores. Si me dejas comer de tu plato y dormir en tu almohada, encontraré tu pelota".

"¡Humm!" pensó la princesa. "Esta asquerosa rana nunca podrá salir del agua." Entonces le mintió: "Si encuentras mi pelota, prometo hacer todo lo que me pidas".

Al oír esto, la rana se sumergió y enseguida regresó con la pelota de oro en la boca. La lanzó a los pies de la princesa, ella la recogió y corrió a su casa.

The next evening, as the princess sat down to dinner, she heard a strange noise. The princess opened the door, and there was the frog. Frightened, she slammed the door in his face.

"What's the matter?" asked her father, the king.

The princess told him what had happened.

"You must always keep a promise, my dear," the king said to his daughter. "Go and let him in."

✦ ✦

Al día siguiente, la princesa se sentó a cenar y oyó un ruido extraño. Abrió la puerta y allí estaba la rana.

Asustada, la princesa le cerró la puerta en la cara.

"¿Qué pasa?" preguntó su padre, el rey.

La princesa le contó todo lo que había sucedido.

"Querida hija, siempre tienes que cumplir tus promesas", le dijo el rey a la princesa. "Ahora, deja que entre."

The frog hopped in and made his way to the table.

"Lift me up to sit beside you," said the frog. The princess did as he asked. "Push your plate closer so that I can eat from it," said the frog. The princess did as he asked.

When the frog had eaten as much as he could, he croaked, "I'm tired. Carry me upstairs and let me sleep in your bed."

Within minutes, the frog was asleep on the princess's pillow.

La rana saltó al interior y se abrió camino a la mesa.

"Levántame y siéntame a tu lado", dijo la rana. La princesa hizo lo que le pedía. "Acércame tu plato para que pueda comer de él", dijo la rana. La princesa lo hizo.

Cuando la rana hubo comido hasta el hartazgo, dijo: "Estoy muy cansado. Llévame arriba y déjame dormir en tu cama".

Poco después, la rana dormía sobre la almohada de la princesa.

And there he slept until it was morning. Then he awoke and hopped away. That evening, the frog knocked on the door once more. Once again, he ate from the princess's plate and slept on her pillow until morning.

By the third evening, the princess was beginning to like the frog a little. "His eyes are quite lovely," she thought, as she drifted off to sleep.

Y allí durmió hasta el amanecer. Entonces despertó y se marchó saltando.

Esa noche, la rana volvió a llamar a la puerta.

Una vez más, comió del plato de la princesa y durmió en su almohada hasta que llegó la mañana.

A la tercera noche, la princesa empezó a pensar que la rana era agradable. "Sus ojos son adorables", pensó mientras se dormía.

But when the princess awoke the next morning, she was astonished to find a handsome prince beside her bed. He explained how an evil fairy had cast a spell on him and turned him into an ugly frog. The spell could only be broken when a princess let him eat from her plate and sleep in her bed for three nights.

"Now you have broken the spell, and I wish to ask for your hand in marriage," said the prince. And the prince and the princess lived happily ever after.

✦ ✦

Cuando la princesa se despertó a la mañana siguiente, se sorprendió al ver a un apuesto príncipe junto a su cama.

Él le explicó que un hada malvada lo había hechizado convirtiéndolo en una espantosa rana. Y que el hechizo sólo podía romperse si una princesa lo dejaba comer de su plato y dormir en su cama durante tres noches.

"Ahora que has roto el hechizo, deseo pedir tu mano en matrimonio", dijo el príncipe. Y el príncipe y la princesa vivieron felices para siempre.

Runaway Ragtime

El gato Fugitivo

Ragtime was a large black-and-white cat who lived in a busy town. He loved his town, with its winding side streets, its busy supermarkets, and its yummy trashcans.

So, when Ragtime's family, the Pips, moved to the country, Ragtime wasn't at all happy. He didn't like the trees. He didn't like the fields. He didn't like the streams.

One morning, Ragtime was feeling very bored. He decided to climb over the backyard fence into the field behind. He was going to have an adventure.

✦ ✦

Fugitivo era un gran gato blanco y negro que vivía en la gran ciudad. Él adoraba su ciudad, con sus callejuelas retorcidas, sus bulliciosos supermercados y sus deliciosos cubos de basura.

Por eso cuando la familia de Fugitivo, los Suárez, se mudó al campo, Fugitivo se sintió desdichado. No le gustaban los árboles, ni los prados, ni los arroyos.

Una mañana, Fugitivo estaba muy aburrido. Entonces decidió saltar la valla del jardín para ir al campo que estaba detrás de la casa. Iba a vivir una aventura.

Ragtime hadn't gone far when he bumped into a blackbird juggling pebbles on its beak and a frog doing cartwheels. "Hello!" said Ragtime. "I'm Runaway Ragtime. I'm having an adventure."

"Hello!" squawked the blackbird. "I'm Beaker and this is Monica. Can we come too?"

"Of course!" replied Ragtime, and they set off together.

✦ ✦

No había ido muy lejos cuando se encontró con un mirlo que hacía malabarismos con unos guijarros sobre su pico y con una rana que daba volteretas.

"¡Hola!" dijo el gato. "Soy Fugitivo y estoy viviendo una aventura."

"¡Hola!" graznó el mirlo. "Yo soy Piquito y ella es Mónica. ¿Podemos acompañarte?"

"¡Por supuesto!" contestó Fugitivo, y todos se pusieron en marcha.

As they crossed a plank over the stream, they discovered a duck whistling a tune.

"Hello!" said Ragtime. "I'm Runaway Ragtime. I'm having an adventure."

"Pleased to meet you!" quacked the duck. "I'm Rhonda. I whistle tunes. Can I come too?"

Mientras cruzaban el arroyo, descubrieron a una pata que silbaba una canción.

"¡Hola!" dijo el gato. "Soy Fugitivo y estoy viviendo una aventura."

"Encantada de conocerte", dijo la pata. "Yo soy Ronda y silbo hermosas melodías. ¿Puedo acompañarlos?"

And so the four friends set off together toward the woods, where they chanced upon a dancing mouse and a smiling snail.

"Hello!" said Ragtime. "I'm Runaway Ragtime. I'm having an adventure."

"I'm Didgeri, and this is Angelo. He's a very talented snail. Can we come too?"

"Of course!" replied Ragtime, and all the friends set off.

They made their way through some tall trees and came to a meadow, in which stood a very large bull.

+ + + + + + + + + + + + + + +

Y entonces los cuatro amigos se dirigieron hacia el bosque, donde encontraron a un ratón bailarín y a un caracol sonriente.

"¡Hola!" dijo el gato. "Soy Fugitivo y estoy viviendo una aventura."

"Yo soy Diego y él es Ángelo, un caracol muy talentoso. ¿Podemos acompañarlos?"

"¡Por supuesto!" contestó Fugitivo, y todos los amigos siguieron su camino.

Caminaron por un bosque de árboles altos hasta que llegaron a una pradera. Allí había un enorme toro.

"Hello!" said Ragtime. "I'm Runaway Ragtime, and these are my new friends. We're all having an adventure."

"Oh, that's nice. Lovely. So you're all having an adventure," snorted the bull. "I'm Barney McCabe."

Barney's horns glistened in the afternoon sun.

"Now run for your lives!"

✦ ✦ ✦ ✦ ✦ ✦

"¡Hola!" dijo el gato. "Soy Fugitivo y éstos son mis nuevos amigos. Estamos viviendo una aventura."

"Oh, eso es grandioso. ¡Genial! Así que todos están viviendo una aventura", resopló el toro. "Yo soy Bernardo Cuevas."

Los cuernos de Bernardo brillaron bajo el sol de la tarde.

"¡Ahora corran por sus vidas!"

76

What a chase it was! Snort! Meow! Squawk! Gulp! Quack! Whistle! Squeak! Hah! Pah! Boing! Snort!

And all the time Barney McCabe was catching up, catching up . . . CATCHING UP with the talented band as across the meadow, through the woods, over the stream, and into the field they ran. HELP!

¡Vaya persecución! ¡Bufidos, maullidos, chillidos, graznidos y silbidos! ¡Buffs, cuacs, miaus, glups, ops y boings!

Y todo el tiempo, detrás de ese grupo tan talentoso estaba Bernardo Cuevas, que los perseguía y PERSEGUÍA sin parar atravesando el prado y el bosque, cruzando el arroyo y corriendo por el campo... ¡SOCORRO!

As they raced into the field, Ragtime recognized something familiar—HOME! Oh, how happy he was to see it now!

Ragtime and all his friends dashed, flew, cartwheeled, bounced, danced, and hopped over the fence.

The back door of Ragtime's house opened. Mr. and Mrs. Pip, Thomas, and Tillie gasped in amazement when right in front of them they saw a juggling blackbird, a cartwheeling frog, a whistling duck, a dancing mouse, a very talented snail named Angelo, and . . . one very happy cat, Runaway Ragtime. He had returned home.

And he wasn't planning to have any more adventures . . . well, not for a while, anyway.

Cuando corrían por el campo, Fugitivo vio de pronto algo que le resultó familiar... ¡SU HOGAR! ¡Oh, qué contento estaba ahora de verlo!

Fugitivo y sus amigos chocaron, volaron, dieron volteretas, saltaron, bailaron y brincaron sobre la valla.

La puerta trasera de la casa de Fugitivo se abrió. El señor y la señora Suárez, Tomás y Pili, quedaron mudos de asombro cuando vieron ante sí a un mirlo malabarista, una rana que daba volteretas, una pata que silbaba, un ratón bailarín, un caracol inteligente y... a un gato muy feliz: Fugitivo. Él había regresado a casa. Y vivir nuevas aventuras no estaba en sus planes...

Bueno, al menos no por el momento.

The Three Little Pigs
and the Wolf

Los tres cerditos
y el lobo

Once upon a time, there were three little pigs called Oink, Grunt and Curly.

The three little pigs lived with their mummy. But one day she said, "You've grown so big that this house isn't large enough for you any more! You will have to make your own houses."

So the three little pigs set off in three different directions to make their three new houses.

Había una vez tres cerditos llamados Oink, Gruñón y Ricito.

Los tres cerditos vivían con su mamá. Pero un día ella les dijo: "¡Ustedes ya están tan grandes que no caben en esta casa! Deben construir sus propias casas".

Así que los tres cerditos marcharon cada uno en una dirección diferente para construir sus tres nuevas casas.

"I will make a house of straw," said Curly.

That night, the big bad wolf came looking for a little pig for his dinner. "Little pig, little pig, let me come in!" he growled. "Go away!" cried Curly.

"Then I'll huff and I'll puff and I'll blow your house down!" growled the wolf. And he did just that!

 In the woods, Grunt had found some sticks.

"I will build my house of sticks," she said.

But the big bad wolf came looking for a tasty little pig for his dinner. "Little pig, little pig, let me come in!" he growled.

"Go away!" cried Grunt.

✦ ✦

"Haré mi casa de paja", dijo Ricito. Era lo más sencillo.

Esa noche llegó el gran lobo malvado buscando un cerdito para cenar.

"¡Cerdito, cerdito, déjame entrar!" gruñó.

"¡Vete ya!" le gritó Ricito.

"¡Entonces soplaré y soplaré y la casa derribaré!" amenazó el lobo. ¡Y eso hizo!

Mientras, en el bosque, Gruñón reunió algunas ramas.

"Haré mi casa de ramas", dijo. Era bastante fácil.

Pero el gran lobo malvado llegó, buscando un cerdito para cenar.

"¡Cerdito, cerdito, déjame entrar!" gruñó.

"¡Vete ya!" le gritó Gruñón.

"Then I'll huff and I'll puff and I'll blow your house down!" growled the wolf. And he did just that!

On the other side of the valley, Oink had built her house out of bricks a kindly farmer had given her. It was hard work!

Just as Oink was getting into bed, Curly and Grunt appeared. They were very tired from running away from the wolf!

✦ ✦

"¡Entonces soplaré y soplaré y la casa derribaré!" amenazó el lobo. ¡Y eso hizo!

Del otro lado del valle, Oink había construido su casa con ladrillos que un bondadoso granjero le había regalado. ¡Era un trabajo duro!

Cuando al fin estaba por meterse a la cama a descansar, aparecieron Ricito y Gruñón. ¡Ellos estaban muy cansados porque habían estado escapando del lobo feroz!

But the big bad wolf had followed them.

"Little pigs, little pigs, let me come in!" he growled.

"Go away!" cried the three little pigs.

"Then I'll huff and I'll puff and I'll blow your house down!" growled the wolf.

And he blew and he blew and he blew. His cheeks were going redder and redder and hotter and hotter from all that huffing and puffing.

Pero el lobo los había seguido.

"¡Cerditos, cerditos, déjenme entrar!" gruñó.

"¡Vete ya!" le gritaron los tres cerditos.

"¡Entonces soplaré y soplaré y la casa derribaré!" amenazó el lobo. Y sopló y sopló y sopló. Sus mejillas se volvían cada vez más rojas y calientes de tanto soplar y resoplar.

But he couldn't blow the house down.

Then the big bad wolf went onto the roof. "I will go down the chimney," he said.

So the three little pigs got a big pan of water. They put the big pan of water on the fire.

When he came down the chimney, the wolf fell into the water. And that was the end of him! And the three little pigs had a cozy night's sleep in the house made of bricks.

Pero no pudo derribar la casa de ladrillos.

Así que el lobo feroz subió al tejado. "Bajaré por la chimenea", dijo.

Entonces los tres cerditos llenaron una gran olla con agua y la pusieron sobre el fuego.

Cuando el lobo bajó por la chimenea, cayó al agua. ¡Ese fue su fin! Y los tres cerditos durmieron muy confortables en la casa hecha de ladrillos.

Polly Penguin Wants to Fly

La pingüina Polly quiere volar

Penguins are wonderful swimmers. They can dive down deep. They can twist and roll in the water. They can swim as fast as any fish. But no penguin has ever learned to fly.

"It's not fair!" says Polly Penguin, to her mother as they waddle out to join their friends on the big, steep ice slide.

"Don't be silly," says her mother. "This is much more fun!"

And then they both slide down on their tummies, all the way into the ocean.

✦ ✦ ✦ ✦ ✦ ✦ ✦ ✦

Los pingüinos son magníficos nadadores. Pueden bucear bien profundo. Y dar volteretas en el agua. También pueden nadar tan rápido como cualquier pez, pero jamás un pingüino ha aprendido a volar.

"¡No es justo!" le dice la pingüina Polly a su mamá, mientras se dirigen a reunirse con sus amigos en la pendiente de hielo.

"No seas boba", le dice su madre. "¡Esto es mucho más divertido!"

Y entonces las dos se ponen boca abajo para deslizarse por el hielo hasta el océano.

"This is lots of fun," agrees Polly as they scramble out of the water. "But I still want to fly."

"Have you ever learned to fly?" Polly asks Wise Old Whale as he cruises along beside her.

"Not really," says Whale. "But every now and then I leap out of the water and fly through the air, just for a moment or two."

"I will try that," says Polly, jumping out of the ocean and sailing high into the air before landing with a splash right next to Snowy, the white seal.

✦ ✦ ✦ ✦ ✦ ✦ ✦ ✦ ✦ ✦ ✦

"Esto es muy divertido", acepta Polly cuando salen del agua. "Pero yo aún quiero volar".

"¿Has aprendido a volar alguna vez?" le pregunta Polly a la Vieja Ballena Sabia, cuando pasa a su lado.

"Realmente no", dice la Ballena. "Pero de vez en cuando salto del agua y atravieso el aire volando por un momentito."

"Voy a intentarlo", dice Polly, dando un salto fuera del agua y aleteando por el aire antes de aterrizar salpicando cerca de Nevada, la foca blanca.

"Hello, Polly!" says Snowy.

"Hello, Snowy!" says Polly. "Have you ever learned to fly?"

"Not really," replies Snowy. "But every now and then I flick my tail, and shoot through the water so fast that it feels as if I am flying, just for a moment or two."

"¡Hola Polly!" dice Nevada.

"¡Hola, Nevada!" responde Polly. "¿Has aprendido a volar alguna vez?"

"Realmente no", contesta Nevada. "Pero de vez en cuando meneo la cola y me lanzo al agua a tal velocidad que siento como si estuviera volando por unos instantes."

On the way home, Polly meets Fluffy Rabbit.

"Can you fly?" she asks him.

"Not really," says Fluffy Rabbit. "Although sometimes I jump so high that I think I might take off into the sky."

Reindeer comes by.

"My mom says you are only here for a flying visit," says Polly. "So can you fly? Where are your wings?"

"No, little Polly, I am afraid that I cannot fly," answers Reindeer sadly. "Although there are stories about some lucky reindeer who can."

✦ ✦

Camino a casa, Polly se encuentra con el Conejo Pelitos.

"¿Puedes volar?" le pregunta Polly.

"Realmente no", contesta el Conejo Pelitos. "Aunque algunas veces salto tan alto que siento que puedo tocar el cielo."

Entonces llega Reno.

"Mi madre dice que vienes volando", dice Polly. "¿Eso significa que puedes volar? ¿Dónde están tus alas?"

"No, pequeña Polly, me temo que no puedo volar", le responde Reno con tristeza. "Aunque hay historias sobre algunos renos afortunados que sí pueden volar."

He stares up into the night sky.

"But now," he says, "it is getting very late. I think you should be at home, Polly. Your mom will be worried. I can give you a ride."

So Polly hops up onto Reindeer's back, and she hangs on tightly to his antlers as he gallops all the way home.

"This is wonderful!" cries Polly.

The air rushes past her, and they seem to fly through the night.

✦ ✦

Reno mira con atención el cielo nocturno.

"Ya se está haciendo muy tarde. Creo que deberías estar en casa, Polly. Tu mamá debe estar preocupada. Yo puedo llevarte a tu casa."

Entonces, Polly salta al lomo de Reno y se sujeta fuertemente de sus astas mientras él galopa rumbo a la casa de la pingüina.

"¡Esto es maravilloso!" exclama Polly.

El aire la golpea con fuerza al avanzar. Y ambos tienen la sensación de estar volando en la noche.

"Thank you!" says Polly to Reindeer, sliding off his back by her front door. "Can I have a ride again tomorrow?"

Reindeer nods.

"Well, did you learn to fly today?" asks Dad, as Polly scuttles inside.

"Well, yes, in a way," replies Polly, smiling. "I went so fast that it felt like flying," explains Polly. "And I was high up in the air and it was just like magic."

✦ ✦ ✦ ✦ ✦ ✦ ✦ ✦

"¡Gracias!" le dice Polly a Reno frente a la puerta de su casa. "¿Puedo dar otro paseo sobre tu lomo mañana?"

Reno asiente.

"¿Y? ¿Has aprendido a volar?" pregunta Papá a Polly cuando ella entra a la casa.

"Bueno... sí, de alguna manera. Iba tan rápido que se sentía como volar", responde Polly sonriendo. "¡Estaba arriba en el aire... y fue como magia!"

"Good!" says Polly's mom. "Now it is time for supper.

That night in bed, Polly dreams of riding on Reindeer's back again. And one day, maybe, if she is really lucky, she will meet the special reindeer who can really fly—and soar right up into the midnight sky with them.

"¡Muy bien!" dice la mamá de Polly. "Ahora vamos a cenar."

Esa noche, en su cama, Polly sueña con galopar de nuevo sobre el lomo de Reno. Algún día, si tiene suerte, conocerá a aquellos renos especiales que pueden volar de verdad, y subirá directo al cielo de medianoche con ellos.